中国好诗歌

虚构的雪

景文瑞 著

内蒙古文化出版社

图书在版编目（CIP）数据

虚构的雪 / 景文瑞著 . -- 呼伦贝尔 : 内蒙古文化
出版社，2023.2
（中国好诗歌）
ISBN 978- 7-5521-2182-7

Ⅰ . ①虚… Ⅱ . ①景… Ⅲ . ①诗集—中国—当代
Ⅳ . ① I227

中国版本图书馆 CIP 数据核字（2022）第 217915 号

虚构的雪
XUGOU DE XUE

景文瑞　著

责任编辑	那顺巴图　李　辉
封面设计	鸿儒文轩

出版发行	内蒙古文化出版社
地　　址	呼伦贝尔市海拉尔区河东新春街4 - 3号
直销热线	0470 - 8241422　　**邮编**　021008

排版制作	北京鸿儒文轩文化传播有限公司
印刷装订	三河市华东印刷有限公司
开　　本	880mm × 1230mm　1/32
字　　数	135千
印　　张	8
版　　次	2023年2月第1版
印　　次	2023年2月第1次印刷
书　　号	ISBN 978-7-5521-2182-7
定　　价	58.00元

诗中自有真意（自序）

当我站在铺满厚雪的黄土地，领略今冬的第一场雪时，突然情不自禁想起去年冬天的那场雪。那也是一场过于纷扰的雪，在时光中变得真实和幻化。一瞬间，我的脑海里勾勒起更多距离我更遥远的雪，他们或她们，或真实或虚构，或倒叙或插叙，如电影般回放……缓缓抵达我心间。我为此动容。我为此感动。感谢过往真实无比的生活。

漫天的雪都是我虚构的 / 我不止一次虚构雪 / 还虚构以雪为生的山川河流

故乡的院落最值得我光顾 / 要不破旧的老屋 / 一时还得不到恰当的修补

青春期的雪还留在发梢 / 如今我又重新勾画 / 却再也听不到铮铮誓言

一尾以雪为生的鲤鱼 / 像一列北上的火车挡住去路 / 鲤鱼和火车都是孤独的雪

中年的雪啊纷纷 / 一生要虚构多少场雪 / 才会抵达旷世的真经

当我乘着动车从故乡抵达异乡。时隔一年，却恍如隔世，一时心潮澎湃。想起九年的异乡生活和工作，想起提着行李箱刚从学校毕业到铁路部门报到，想起铁路线，想起钢轨，想起一个叫坡底的地方……一瞬间，脑海中浮现出很多个我。

　　我突然看到过去千万个自己 / 千万个自己向现在的自己走来 / 他们中有的高兴 / 有的痛苦 / 有的沉默 / 有的疲惫不堪 / 有的沾沾自喜 / 有的痛哭流涕 / 有的和我释怀 / 有的和我拥抱 / 有的向我控诉 / 有的冷笑 / 有的和我亲热 / 有的向我发起进攻 / 有的不理我 / 有的向我打招呼……

　　当我仔细辨认哪一个是最真实的自己时 / 他们突然间消失了 / 就像从未发生过 / 原来往事并不如烟 / 往事变得滚烫 / 像眼泪一样有温度

过去三年中，最有意义的一件事就是捐书。2021 年 4 月中旬，我在秦巴山区实地调研采访公益小慢车，深感铁路部门为服务山区百姓脱贫做出的一系列举措。调研后就是伏案写作，有一天整理素材至深夜，突然夜不能寐，想起小慢车上"助学车厢""通学座位"，想着自己能为此做点什么，大概是自己一直喜欢舞文弄墨的缘故，于是就想到捐书。很短的时间内，得到很多作家老师、朋友的支持和响应，有三十三位作家老师参与捐书，共捐一百八十四本书。

整理书的过程中，看着老师们在扉页上的寄语：读书，开启崭新的人生；开卷有益；诗歌伴你成长；读书，增长智慧；今天，你读书了没？……我被作家老师们的爱心一次次打动，我一次次问自己，幸福是什么？幸福应该是一群人，不为名不为利，心甘情愿地做一些有意义的事情。幸福是什么？幸福应该就是给与，幸福就是心甘情愿的帮助别人，让别人也得到快乐。这个过程就是幸福。在与铁路相关部门取得联系后，我将书分为两部分邮寄给秦巴山区的慢火车。看着满满的两大箱书，我真是由衷地高兴，希望这些充满爱的书籍能给旅途中的人们一点慰藉，给沿线百姓带来一点知识的愉悦，给山区的孩子带来一点书的模样，给坚守在秦巴山区的铁路人一点营养。书邮寄到慢火车的当天晚上，看着一本本摆放有序的捐书照片，我压抑不住自己喜悦的心情，看着满天繁星，流下了激动的眼泪。

如果你看到我给你寄的书 / 你一定要相信 / 世界的另一端 / 也有一个孩子 / 曾经和你一样 / 爱书如痴如醉

如果你看到我给你寄的书 / 你一定要相信 / 有梦想谁都了不起 / 你只需坚持 / 你在书中的模样 / 你的梦就会开花

疫情时代，每个人都不能置身事外。突如其来的疫情，让原本按部就班的生活变得拘束和无奈。许多人因此不能回家，被封城，被封在家里不能工作，被隔离在酒店，被一轮又一轮的核酸检测压抑着，被疫情影响排队等待够买生活必需品，也有人逆行做疫情志愿者，参与疫情防控之中……在党和政府强有力的防控组织下，在医疗技术勇攀高峰的今天，在众志成城的人民面前。想来，没有什么是不能战胜的。困难是一时的，我们有理由坚信疫情这场战役终会结束，美好的春天正悄然向我们走来。

在歌声凋敝的新年里 / 在雪落无声的黑夜里 / 一群白鸽穿梭 / 我悄悄许下祝福

在我刚出生婴儿的哭声里 / 在窗外凝视的双眼里 / 一股暖流激荡 / 我悄悄许下祝福

在城市密集的房屋里 / 在乡村空旷的田野里 / 一抹春色摇曳 / 我悄悄许下祝福

在推迟的新人婚礼里 / 在延迟的家人团圆里 / 一匹白马驻足 / 我悄悄许下祝福

在孤寂者的内心里 / 在朝圣者的旅途里 / 一声惊雷响起 / 我悄悄许下祝福

在所有人的耳膜里 / 在整齐划一的行动里 / 一句口号铿锵 / 我悄悄许下祝福

在东方微露的晨曦里 / 在新年故事的开端里 / 一缕

诗中自有真意。有人说："神造人的时候，给了他白天黑夜又给了他诗歌，神将诗歌藏在山水草木之中，让其与日月星辰一起发光，被光芒加冕的人就成了诗人。"虽然我一直清晰地知晓诗和诗人的意义，和我尚有很遥远的距离，但我会星夜兼程。

是为序！

2021 年冬月

目录
contents

辑一　何以漂泊

辑二　火　车　记

辑三　望　春　风

辑四　因为星空

辑 一

何 以 漂 泊

日　子

日子，和风无异
踉踉跄跄

来不及躲闪的一场大雪
影子深陷其中
没有光的遮挡
就像自由遭到悖逆

满世界的欲望堆积
堆积成山，堆积成河
堆积成无望的苍穹

一点一滴，重回泥土
长在桃树的身上，结出软桃
掉进江海，成为美人鱼的尾巴
涌进人间，长成坚硬的骨头

牧羊人的鞭子，只需一下
日子向左，或向右

2018.9.1

消失的乡愁失而复得

秋天从高枝跌落
蜷缩在一片黄叶下面

光脚的空地泛起泥泞
忽起的北风肆意着凉

我单薄的身躯，抵挡不住秋风
更抵挡不住一根枯草的摇摆

在秋天望不到地平线的尽头
收获由绿变黄，由快变慢
由南向北，由内而外

吹着口哨漫步在乡间
落叶纷纷像丢失的乡音

2018.9.10

爬在时光深处的眼眸

所有梦的终点都会流向
潜藏的真实

那些太阳照不到的语言背面
依然有纯粹的美丽生长

爬在时光深处的动人眼眸
此时，需要有一万次的刀耕火种

黄昏啊，黎明
都将是世间不幸的弃儿

站在所有的大风之上，吹啊吹
你能收获的只是风的影子

所有梦的终点都会流向
潜藏的真实

此时，我只需要重新

再活一次

2018.9.25

在 泰 陵 前

在金粟山南，帝王不再遥远
伸手可触的黄土，让富贵和平民共存

开元盛世的风，已随时光老去
马嵬驿的尘土，因哭诉千年不散

我能听到时光深处的感叹
能感受到人世间真挚情爱的不舍
这些都矗立在泰陵前

在一颗表面光洁的酥梨上
历史悄无声息地传承
在一望无际的关中腹地
盛唐无处不在

2018.10.16

和一棵银杏树相对

夜幕时分，城市的喧嚣散去
银杏树下，静待叶落
无需太多，一片足矣

享受缓缓下沉的舒适感
和心跳莫名的急剧加速

用一片落叶告知自己——时间的去向
也许过于小题大做

纹路中曲曲折折的密码
需要整个四季费力破解

我总是谨小慎微
牵挂被雾遮住的月

惦记一棵银杏树的秋天

怀念雨在一瞬间，转化为雪的场景

2018.10.19

书　签

那些用花瓣做成的书签
必定比花香长久

被折断的花期
胜过整个季节的烂漫

想来生命终将枯萎
谁又能苟且短暂的绚丽

和雨露无缘，和蜂虫错失
在通往一条狭隘的路径上徘徊

以青灯为伴，以皓月为念
长长的夜留下你执着的身影

2018.10.22

乡 村 之 夜

悬在半空中的月，明澈
乡村的一切裸露在外

槐树张牙舞爪
全然没有白天的沉默

打在格子窗上的月光
和窗纸一样皎洁

流水声潺潺，倾诉沿途见闻
此时，又在湍急的河湾处邂逅

起伏的山头，断断续续的村落
繁星点点，万物按部就班

喜欢乡村的夜晚

和涤荡世间一切尘埃的

空灵

2018.10.28

时 光 停 留

母亲翻出旧毛裤
陈旧的气味
将我拖进旧时光里

母亲过日子总是小心翼翼
像缝补破了洞的旧毛裤
日子因为穷而过得密密麻麻

母亲小心地守候着每一个线头
裂口后的风吹疼儿时的每一寸肌肤
吹乱母亲额前缕缕发丝

幸好。时光没有走远
停留在一条陈旧的毛裤上
停留在母亲的旧衣柜里

2018.11.2

谷 穗 子

看到你，此刻
抑制不住生命的厚重

每一个黎明前的黑暗
都会有种被夯实的冲动

想来感动发自肺腑
渗透全身每一个细胞

我看着你，你注视着我
日头一晃，就是一秋

所有人羡慕你的成熟
唯独我钦佩你的谦卑

沉淀。让轻浮的风一吹再吹
低下头颅，敢当季节的尾巴

在时间的尽头，我愿做一株谷穗子

沐雨栉风，守护田间地头

2018.11.3

有雪的日子

那些未曾敲定的事情
在这场雪后落定
望着窗外的一朵朵天花
不停地落下，多少希冀在此刻
打转。我多想投身到这场雪中
悄无声息地融进大地
来年擎起一株麦穗的骨架
我多想是初冬的第一朵雪花
为季节的开始奉献生命全部
哪怕落地无声，荡然无存
这是多么美丽、诱人的雪啊
飘进我的眼里、手里、心坎里

2018.11.4

临江而坐

曲乐和风，总有韬光养晦者
在汉江边。远处喧哗
侵袭不到这里，山风很大
秦巴山脉很高。我驻足留恋
多少王侯将相在汉江边建功
多少石头被一遍遍洗涤

属于我的那块石头，冲刷到了哪里
被谁拾起，又被谁轻易丢弃
在时光的转折处，河流湍急
一只白鸟俯冲江边
安澜阁的钟声回荡

2018.11.9

马嵬驿

踏上你的每一寸土地
脚下的灵魂都略显犹豫
每一声嘶吼都伴随一声倾诉
短短长长，在历史的转折处

你就是一场做不完的旧梦
梦里有大唐江山，纸醉金迷
有战火纷乱，荣华富贵
唯独缺少对一个女人的偏爱

一个驿站，因一场兵变而被后人熟知
一个女人，因一个驿站而命丧于此
是机缘还是巧合，时光无痕
在沉默的大多数，历史苛责女人
却忘记与女人有关的诸多叙述
或轻或重——

2018.11.21

寂 静 之 风

夜伪装成几千万个伪装
几千万个伪装组合起来的夜
比夜多，比夜可怕

我属于低下去的那个
低到发声的枯枝内部
低到寂静的风语背后

想想和月光错开的距离
廉价的思念，拖延得如此长久
没有丝毫上升或下降的空间

冷风一个劲儿鼓吹，沙沙走动
偷渡者，像少有的鬼灵
摸索黑夜的方式曾给我诸多启示

也只有在夜里，少数人才可以放声

讴歌心中的委屈和感动

像醉饮后的怅然，不甘，冷漠

2018.12.2

一个光荣的词语

天空阴沉着脸，有鸟鸣声
在这个寒冷将至的冬天
有些事情是不应该被遗忘的
比如生日。一个比死要光荣的词语
那些揪着疼痛的瞬间
母亲一定比任何人都清楚
她懂得新生的意义

在往后的许多年里
母亲都会纪念，用她自己的方式
而我是她虔诚仪式中的一部分
最重要的那一部分

2018.12.14

送 寒 衣

一年中总有几个日子
是难过的
比如农历十月一，比如清明节
一个和雪有关，一个和雨有关
好像疼痛都绕不开雨雪
一个送寒衣，一个烧纸钱
都与至亲至爱有关

生与死的距离不再遥远
阴阳两隔的时差在此重合
时光偏爱的脚步一退再退
温和的风一浪大过一浪
满山的树叶盈盈闪动
像极了平日里的家长里短

2018.11.28

铁路人的心事

生命是一次次尝试
溅起的铁屑
是热血，是青春
是黎明的希望

阳光、雨露、土壤、空气
源源不断地供给我能量
这世界无时无刻不给我爱和希望

从未忘记一路走来的艰辛
记住来时路，就不轻言放弃
所有关于飞翔的记忆
都在两条平行的钢轨上展翅

飞，不一定翱翔蓝天
也可以俯身大地
沿着钢轨明亮的方向

沿着道床沧桑的锈迹
沿着桥梁，沿着隧道，沿着涵洞
我能读懂铁路人的心事
我能明白时间被赋予的意义

铁屑，聚合，高温，成形
打磨，紧固，应力，磨损
钢轨的一生就是我的一生

2018.11.30

出发和抵达

又一列火车出发
哐当哐当，飞驰而过
空气中充满激烈的碰撞
每一次轮缘与钢轨的摩擦
都是血与汗的真正较量

又一列火车抵达
小站充斥着激动和兴奋
来自车轮和时光的短暂停顿
每一次都很动人

出发，抵达
充斥着我生命的全部
火车极速奔驰的一生
像壮丽而绚烂的诗

此时，我在铁路沿线

出发，或抵达

2018.12.2

活成一颗螺丝的模样

面对螺丝，我驿动的心
开始平复。一圈一圈的纹路
是一生的轨迹

旋转，不停歇旋转
是前进也是后退
是上升也是下降
旋转，直至终点
活成一颗螺丝的模样
自始至终在心底潜伏

用脚步丈量钢轨

当我用脚步丈量钢轨
忐忑的心异常平静
那是一种劳作后的安宁
象征着充实的现在和宽广的未来

谈及现在
工友的脸上泛起笑容
说到未来
工友的目光，落在钢轨延伸的方向

方向中包含黎明，包含花朵
包含火星子、汗珠子、甜蜜的梦呓
包含一个个闪光的日子

2018.12.5

安 定 古 镇

青石板，碎瓷片，残垣新建
脚下的土地，慷慨负重

呼吸不能，冷是另一种可能
在古镇，天蓝得发人深省

触摸历史，传说和余温一道同行
安定一别，千里黄沙追忆驼铃

西山上的光环勾勒旧城墙的遗迹
绕着时光跑圈的人何止千万

2018.12.8

或明或暗的叙述

和一个旧陶罐相识于古镇
我开始不语
我的体内酝酿着一场老黄风
或一句道情唱腔

和一个旧陶罐相识于古镇
我们都质疑对方
眼眸中的清澈
人间烟火味的流失

和一个旧陶罐相识于古镇
时光抖落得太快
抓不住风中的沙尘
如同行将朽木的石头
丢弃在秀延河边
斑驳的苔藓，棕褐色的羽翼

或明或暗的叙述

和我无关，和旧陶罐古镇

紧密相连

2018.12.10

我好想是这只鸟

探知大山的秘密

必须深究每一株草的枯荣

烧不尽的野火

就像一首首长短不一的诗句

从泉眼、嫩芽、裂缝涌出

整个冬季的表情

在鸟儿啄破柿子火一般的表层

瞬间封存。我好想是这只鸟

遍尝冬季最甜蜜的味道

哪怕此刻就被世界遗忘

2018.12.25

仰　　望

顺着屋檐，总能看到许多
稀有的事物

比如，犀牛角
正使劲撞破阻挡它的天空

比如，蒲公英
所有粮食来源于它的慷慨传播

比如，火焰
所有头颅中跳跃激撞的瞬间迸发

每一次仰望，都会高出天空三尺
每一次失望，都会低落尘埃三寸

俯仰之间，朝夕错乱

朝夕错乱，就是一世

2018.12.25

辑 二

火 车 记

石宫寺听雨

和雨一起落下的
还有清明

啄泥搭窝的新燕
是往返的第一抹春色

河川的风
被吹至安定塔尖

石佛前叩拜
焚香和许愿一并抵达

菩提静立，瓦当聆听
时光珠珠停顿

2019.1.2

每一次离开，都在撕心裂肺

忘不掉的何止山峁沟壑
还有母亲哀切的眼神

那些突兀的色彩
随着最后一座土山的远遁
消失殆尽

灰色和褐色，不是冬季的沉默色
是黄土高原的固有情调

每一次离开，都在撕心裂肺
一个向前冲的我，一个向后缩的我
纠缠，妥协，毅然，抉择
故乡啊！给予多少就须偿还多少

2019.1.8

隆　冬

隆冬　我们一般不谈论天气
雾霾　像为恶多年结出的果
终将自作自受

就像所有抒情的诗歌
冷风此时会替代　跳动的歌喉

那么我只好平静　与书为友
乔装在一本厚厚的典籍里

2019.1.9

整 理 冬 天

站在黄昏的尽头
冬天显得低矮渺小
生怕一阵冷风，吹走了
所有地表附着的拥抱

昨日的一场大雪
没有时令大雪的幽默
低着头反思的老槐树
猛然间抽动着枝干
朝着沉默寡言的夜空飞翔

星光停顿，时间不语
捉摸不透的何止冬天
将自己与冬天平行
整理出两个相反的冬天
两个活生生亮堂堂的春天

2019.1.31

孔 明 灯

从灯火中窥探人间
万千蒙蔽的黑蚁透着亮光

一盏朝北远行的孔明灯
点燃一个青年理想的春天

漫天的烟火和冥想
升腾起永不破灭的昼伏

时间像迷津
在灯火中点燃　升腾　释放

所有老去的，和兴冲冲地
都将重返故里，重谋生计

在失神的瞬间
一盏膨胀的孔明灯突然失控

信誓旦旦地砸向人间

在通往天堂的路上
随时也有掉队的风险

2019.2.4

除　夕

所有悲欢离合在此停顿
回味是另一种味道
——家的味道

家就像一个大染缸
底色是温馨，甜蜜无比

所有的出发都只为回归
包括急匆匆的脚步

一碗用陈糜子发酵的稠酒
打发着旧年月和即将到来的春天

春天正悄无声息行进着
和山风、雨雪、年景做最后的周旋

在除夕夜我守岁到最后

总想抓住什么，却什么也抓不住

2019.2.5

和一场雪告别故乡

黄昏

有许多想念的理由

想念故乡

在远离故乡的黄昏之外

每一个黄昏都不一样

每一个想念的理由都一样充分

每一个故乡都和黄昏一样遥远

故乡和黄昏只间隔一场雪

离别的故乡是厚重的

黄昏也在颠倒黑白

远山和道路越走越模糊

模糊了车窗的视线，和故乡的脸庞

一片一片的雪，像杂乱无章的思绪

一声一声哽咽，吞没着暗淡的黄昏

和一场雪告别故乡

我站在雪的中央触摸

故乡那么近，又那么远

我是那么小，又那么纯洁

2019.2.9

春天畅想曲

一万个春天
必滋养着一万个诗人

一万个诗人
必有一万树梨花紧随其后

每一朵梨花上空
都是一首小小温情的诗歌

每一首诗歌前奏
都和一个明媚崭新的春天有关

鸟语花香
空气中裸露季节的芬芳

枝芽舒展

喉腔内涌动无限生机

2019.3.28

倾听老物件的声音

走近你

走进一段历史

和旧时光的铁路对话

挽回渐渐失散的余温

走近你

亲近一段故事

和刻骨铭心的父辈拉家常

珍惜生命中前所未有的从容

很多时候你都在硬撑

撑开最绚烂的生命轨迹

很多时候我都想到放弃

铁路的殊荣不会轻易淡去

只有手中厚钝的老茧

才会像指尖的光阴般清晰

一直想听，想说的话语

在此刻哽咽，不语

2019.4.15

丑　橘

看到笨拙的你
浮想孕育一朵花的曼妙

雨水捉襟，土壤见肘
生存和毁灭从来值得商榷

咀嚼成为另一种活法
我曾是小心翼翼地问路人

与生俱来的彷徨
一世也不能彻底清除

耳边蒙尘落下又升起
尘世有孤独的守护者和
迷途的思考者

2019.4.24

火 车 记

这些年，火车一直伴随着我
车轮碾压过的痕迹
就是生活的雏形
许多事情，在前行的途中
愈加鲜活明亮

有一次，我在火车上
看到一位腿部有病痛的妇人
丈夫很贴心地为她按摩
就像人们羡慕的那种体贴
沉醉在温暖的世界里
无关乎窗外的风景变化

2019.5.6

收　获

太阳温和，打在身上暖暖的
久违的温存不分时令

这世上所有的美好都极尽绽放
没有一个人可以同时拥有

一场暴风雨夜的前奏
和一地散乱的花草轨迹

庆幸昨天和今天的自己
都在朝着同一方黎明前行

麦地烧焦的黄，远远地
总能闻见收获的味道

2019.5.20

窗

是该需要一扇窗
疏通断续的昨天和明天
今天请留给诗行

是该需要一扇窗
让身体里慵懒的骨头互撞
让自然之美的魂与灵对接

我被挡着，迷失了方向
呈蔚蓝色格子状的网
一遍遍投向沙滩和宽阔的海平面
一次次在险山和峻岭间升起

那时——
晨曦微露，麦子刚被收割
窗，是孤寂，是一种伤悲

2019.6.8

她喜欢的诗

她喜欢的诗

一定要能读出火、太阳和月亮

她喜欢的诗

是力透纸背、不舍和决绝

她喜欢的诗

一定和刀剑、怜悯、勇气有关

她喜欢的诗

是直击人心，有海子的影子

那么多纷繁复杂的意象

挤在同一个脑颅

会不会失控

那么多尘世的定痛和释然

汇集一只缚鸡的左手

会不会麻木

我是一名普通的诗人

低到尘埃里的

2019.6.25

盛 宴 之 后

一生都在赴宴的路上
每一场宏大的宴会啊
我从来都不是主角

就像鱼儿从来不是河流的主角
石头不是，河岸不是

就像鸟儿从来不是天空的主角
繁星不是，高耸的山脉不是

在盛宴之后，人们谈论盛况的种种
却从来没有，顾及一位迟到的宾客

2019.6.26

原谅一场雨

原谅带着包容
恰如一朵沾湿的黄花
纯洁和尘埃掺半

原谅一场如针细雨
原谅雨中混杂的鸟语
虽不悦，但不至分神

原谅你说走就走的旅行
房间空荡，体香犹存

原谅诗歌未完成的部分
是隐匿，还是留白

原谅所有正在发生的
和即将退却的

我在窗前，我在灯下
我在滚烫的逝水中

2019.7.6

延　安

地名，北方，指引
像空气、土壤、水一样被需要
被无数人瞻仰、歌颂、传唱

产小米的黄土地也产硬脊梁
也产红艳艳的山丹丹花
也产军民鱼水一家亲的史诗

一曲唱罢再来一曲的信天游
是塞上秋来风景异的后续
是双手搂定宝塔山的前奏
唱吧，尽情书写吧
延安，和一个伟大时代

2019.7.7

山 丹 丹 花

未能鼓起勇气向你表白
我站在山峁的迎风处抹泪

那些轻风、细雨、怪雷、雪痕
还不时敲打着我。我没有丝毫退却
意志更加坚定

我单薄的躯体里留有你的火种
脑壳中不断充斥向往匍匐的身影

你一次又一次出现在我的梦中
将现实与梦境打破重合，重合打破

当人们收获希望，歌颂梦想时
我守着一大片红艳艳的山丹丹花终老

2019.7.8

而 立 之 年

像一道关卡
将逃窜多年的自己挡住
另一旁的自己眯着眼笑

像一块伤疤
在第一个三十年里突然愈合
铭记——好了伤疤忘了疼

像一个大网
织啊织啊日夜不歇
在结网和吐丝处寻觅

不如做一只振翅飞翔的
乌鸦。黑就黑吧
一黑到底，一飞到底

在林中的大多数，在溪水高处
在黄昏，在有月光的夜晚

2019.7.11

入 林 记

一片叶子应声滑落
一大片叶子紧随其后
绿的，黄的，褐红色相间的
被雾笼罩，披上霜，盖上雪

一声蝉痴鸣
所有蝉声嘶力竭附和
哭的，笑的，迷茫中苏醒的
被山林允诺，鼓励，放纵着

一入林，方知四季新
一入林，才敢与世隔
一入林，才看清自己
一入林，才记回头路

2019.7.20

孤独从未离开

不要轻信——
只有一个人的时候
才会孤独

直面孤独的人
才是生活的诗者

很多时候
我们用力地渲染气氛
其实是在躲避
——向世界坦白

孤独像空气，水，土壤一样
不可缺少。常常又被拒之门外

我们时而清醒，时而糊涂

孤独却从未离开

2019.7.26

舞　者

需要内在的安宁
需要片刻的快意恩仇

需要一场酩酊大醉
需要一场生离死别

我的舞姿高于身体
在烟火之外上升
在月亮之中绽放

我是自由翩跹的蝴蝶
独自脱离尘世枷锁的舞者

2019.8.21

沙　柳

对于坚硬

向来都以柔软克之

就像水与火，木与土

生长在毛乌素沙漠的沙柳

一个个戴着面纱的轻曼少女

在大漠尘烟处，舞动着柔软腰身

不离不弃陪伴这深沉的沙漠汉子

不论贫瘠，不论严寒

不求富贵，不求闻达

很多时候

我们都忘我地活着

却难以活成一棵沙柳

更难以柳荫遍地

2019.8.26

吐 露 心 声

时间久了石头也会憋出病来
不然，怎会生出张嘴的裂纹

时间久了鸟雀也会憋出病来
不然，怎会附在树的耳边叽叽喳喳

时间久了天空也会憋出病来
不然，怎会晴空对着大地响起隆隆雷声

我生来沉闷如石，举止迟钝
许多大胆狂妄的想法胎死腹中

只有拥抱着棉花一样柔软的夜色
才敢喋喋不休——吐露心声

2019.9.2

月 中 吟

离开故乡的那一刻起，我的笔下
再没有窗前的月光，物是人非
每一次道珍重的人，它懂得

离开故乡的那一刻起，我的笔下
再没有窗前的桂花，星光沉沉
每一次读宋词的人，它懂得

离开故乡的那一刻起，我的笔下
再没有窗前的笛声，珠落玉盘
每一次闻元曲的人，它懂得

离开故乡的那一刻起，我的笔下
再没有窗前的人影，月光如银
每一次说思念的人，它懂得

2019.9.5

桂　花　香

一缕柔歌被吸进味蕾
干煸的干燥的干枯的
立马被丰盈丰润丰盛
这时间的海
只够一人一季独享

此刻，所有人都是幸运的
被月光轻抚爱护深吻
米黄色的蜂蝶冲到盛宴的前沿
跳动的音符是天空之城

谁的酒杯被频频端起
谁的乐歌被遍遍重奏
谁在谁的夜晚哭泣
谁在谁的异乡止步不前
谁又闻着桂花香走来走去

2019.9.23

影

你藏在记忆深处，让我充满幻想
你让我勇往直前，无需梦的重量
你让我失魂落魄，不放弃供给血液
我还在来时的路上，你已远去他乡

这夏天没有方向，这冬天没有阳光
我是多么善忘，留不住一丝念想
我是多么健谈，至此一言不发
这夏天没有方向，这冬天没有阳光

这春天没有解冻，这秋天没有晚霞
你是多么熟悉，在这里时的一切
你是多么陌生，离开后的半程山水
这春天没有解冻，这秋天没有晚霞

你藏在记忆深处，让我充满幻想
你让我勇往直前，无需梦的重量

你让我失魂落魄，不放弃供给血液
我还在来时的路上，你已他乡远去

2019.9.25

如果给我足够时间

如果给我足够时间
孩子。我会一直守着你
直到第一颗乳牙长出，换新
直到你朗读第一首爱的长诗

如果给我足够时间
爱人。我会一直爱着你
直到蜜月期结束，第七个年头
直到你长出第一缕爱的白发

如果给我足够时间
母亲。我会一直伴着你
直到你坟头的草盛了，哀了三次
直到你第一次出现在我的梦里

可是。我从来没有那么多时间
我的时间全部献给琐碎，慌乱

息事宁人，和更多的荒诞

我本想好好爱这一生

可是，我从来没有那么多时间

2019.9.28

怀　念

你带走了该带走的一切
唯独对这个秋天无可奈何

红叶肆意挥霍的秋天
落叶频频下坠的秋天
秋风瑟瑟躲闪的秋天
秋雨飘零过渡的秋天

满山遍野的苍凉
谁第一个触摸，谁将第一个阵亡
这尘世巨大的虚无
谁第一个开启，谁将最终无疾而终

我怀念，你远去的背影
消失在鸿雁南飞的地方

2019.10.18

向　　晚

牧羊的铃铛声向晚

升起的炊烟袅袅向晚

来不及言说的一天向晚

吼一嗓子的信天游向晚

我面对你的发丝向晚

你背对落日的余晖向晚

落日唤醒东边的新月向晚

新月埋藏守夜人的孤寂向晚

你一开始就身披万丈红霞向晚

我在秋天时光的挽留中向晚

所有的开始与结束向晚

我在真实与虚幻间倾尽一生向晚

2019.10.21

节　气

万物生长，皆大欢喜
节气，就是明证

提醒人们添衣或少物
指示人们耕耘或收获
揭示一切存在和正在发生

鼓励忘我或忘忧
鼓舞忘却或怀念
总结所有的诚实和悲天悯人

隐瞒时间的无涯和历法的不忠
误导重新出发和迷途的转折
此时，我被挡在偌大的节气之外

2019.10.24

梦魇

谁在古楼窗边向外探望
闻一朵如血的梅花

谁一次次尝试画着斜圈
姿势交错丑陋

谁还在反反复复做着梦魇
梦醒惆怅，梦里糊涂

谁掉进深蓝色的梦魇
不分彼此，不舍昼夜

一条湍急的河流，游啊游
一条深灰色的土路，载不住人

整晚的天空坍塌是迟早的事

半生的梦魇才刚刚开始

2019.10.25

我走在来时的路上

天空没有雨
地面掀起一层灰

谁对生活失去希望
谁将委身异处喃喃自语

谁对苦难寄予厚望
谁将千头万绪百转千回

又是一个伤感的秋天
又是一个不明就里的黑夜

所有人怀揣不安
惊吓如落满墙头的白骨

星子的眼眸沉吟片刻
凝视多少人间熠熠光辉

风一遍遍刮过白杨树林

我轻飘飘地走在来时的路上

2019.10.30

十 月 芦 花

立冬后四野静默

唯有冷风不依不饶

原以为就此消亡

越往北

心里的石头啊 越拥挤

每一个怀揣故乡的人

胸中都有一场终年不化的积雪

十月的芦花，摇曳的心

分散，有多凌乱

聚拢，有多亲密

握住河流季节的尾巴

吮吸泥土倒流的芬芳

白胡子艄公一转身

就是一个世纪

2019.11.9

潮

无尽的绵延此刻得到舒展

就像另一个我从影子中走脱

镜子的正反面

黑夜得到不同光泽补充

持续的眩晕

没有哪一双眼睛可以幸免

颅内的燃烧之火

激情与平庸共舞

旋转的高度，经不起时间追杀

旋转是一种潮

高度是一种潮

时间是一种潮

旋转的高度的时间是一种潮

2019.11.12

统万城随想

一座城，可以多大
如统万城。
一座城，可以多繁华
如统万城。
一座城，可以住进多少流沙
如统万城。
沙封的故事，会被后世一一掀穿
牧羊人的鞭子，从大唐长安伸回

此时中午，阳光急进
风中齐聚十万苦力的号子
不屈的嘶喊
将历史一遍遍唤醒
走马观花的汉子，请远离
不要阻挡一粒沙子的哭泣
不要阻挡我飞逝的思绪

2019.11.16

神 的 背 后

我们又一次谈到神

谈到空气裸露的多张面孔

面孔不时喷出邪恶忠诚善意

如花的山和水

一遍遍啜泣 一遍遍洗涤

老人桑麻的脸，此时得到舒展

在靠近天空三尺之外的地方

驻足，仰望，祷告

更多时候

无辜的黄土埋葬无辜的废躯

石头内部藏有一颗七窍玲珑心

往事和新韵被带到风的左翼

梦游的一生装着多少淬火的谜底

所有这些

都在神的静默中本色出演

好几次我都想问：
神的背后是什么——

2019.11.19

雪　天

我是一只苍灰色的斑鸠
置身混沌初开的古老清晨
阳光和雪吓退雪盲症的同类

自由啊
有多少纬度就有多少拘束
时间和悬崖
一开始就背道而驰

石头的心脏。共鸣
比十万个乌鸦的心跳还缓慢
大地的回声，滞后了近一千年
在不屈的太阳穴右边涌动
涌动，直到左翼，前爪被赋予血腥

空气中的爱情、精灵、微语、私密
在雪天凝固、收散、回荡、倒映

倒映在我干涩的瞳孔里

成为一幅绮丽的、不可名状的山川画卷

2019.11.21

矮脚杯的想法

生来彷徨
是命，不是命
命玉碎，命瓦全
全在一念之间

间或仰或俯
或重或轻，或急或缓
虽被凝炼
终无禁锢之心

窗前月影入怀
盛满孤独者的荣光
世界之大
我不再是旅途浪人

2019.12.3

想象一朵带刺的玫瑰

眺望，从夜的尽头开始
和日月星辰无关

低语者，自带肃杀的容颜
自谋出路。回眸是一声轻叹
岁月磊磊，不乏烟火阑珊

时间的漩涡中
想象化为一朵带刺的玫瑰
口吐莲花，正襟危坐

半世艰难，独守残卷过活
一生要强，雪拥塞外万里荒漠

2019.12.5

炊　烟

那些索命的炊烟，飘向天堂的炊烟
迎着风跳着舞的炊烟，自命不凡的炊烟
在此刻突然凝滞，让我忘却村庄的乳名
纯真的不知往那个方向奔跑

我在烟雾中寻找，四季草木的味道
我在烟雾中感受，乡村孩子不屈的命里
我在烟雾中摒弃，世事泡沫般浮躁
我在烟雾中想象，漂泊一生的最终归途

所有注定的，走不远的脚步声
所有故乡熟悉的味道，都在炊烟里
忽而聚拢，忽而四散
忽而清晰，忽而隐秘

2019.12.11

等

等一场时空晚点的雪
等倒数计时的人间爱情
等最后一班回乡的公交车

等孤寂开放在冷风里
等慌乱沉默在十字路口
等呼与吸频频互换角色

等夜半清醒
等梦游般走走停停
等一场雪吓退冬日的喧嚣

我在等，我在等
等这场经年不遇的积雪
等一地雪白的黎明

我在等，我在等

等烟头熄灭的瞬间
等世纪情人的突然转身

我在等，我在等
等朝北的风停歇
等一根漂泊的浮萍

等最后一班回乡的公交车
等倒数计时的人间爱情
等一场时空晚点的雪

2019.12.14

妊 娠 纹

我该怎样描述一种美
倾尽毕生所学
一种成熟的，撕裂的，原始的
无私的，母性的，褶皱的美

火焰一样的纹路
燃烧玫瑰激情后的纯朴
无所谓聚集，亦无所谓分离
生命在一呼一吸间，温度在一张一弛中

焦急的红蚂蚁，一步步攀登
忘忧的水仙草，在身体内部疯长
大地深沉的爱意，生命湍急的瀑布
摇摇欲坠的花岗岩，跃跃欲试的活火山

我该怎样尽述这生命的，天然的

——妊娠纹的，纯粹美丽

2019.12.26

释　怀

释怀，是另一种虚构

沿着山脊裸露的方向

我总能看出星空的端倪

那些昼夜不眠的路灯

他们备受怎样的煎熬

痛和痒——从何说起

那些喋喋不休的骨头

被身体里的盐滋养着

此时正低头反思

体内的十四行文字

总是起于黎明，又止于黎明

有人高唱：起刀兵易，止刀兵难

我迷恋的深色

深藏着。不分青红皂白

我释怀的，是整个星空和大地

2019.12.29

辑 三

望 春 风

少　年

你有一双忧郁无邪的眼睛
时而喷出滚烫的火焰
燃烧吧，与青春有关的诗篇

那些被遗弃的蓝色石头
会在花开时、月满时重新聚合

吹向时间深处的风
吹向时间高处的风
认真朝向虚空的杂草
从不回头啊疯长

少年拥有牧笛的密钥
少年拥有逝水回流的秘诀

少年将天空的湛蓝看破

少年是一汪汪碧水倾泻流出

2020.1.4

幻　雪

从一场心事说起

风不绝于耳
往来山巅，游离四野
蒲公英是飞翔的影子

我的方向
悖离真身
难怪影子至今无家可归

喉腔里的呼唤，深沉低吟
朝一条季节河的源头寻去
不畏拦路虎的恐吓

如此一条路走到黑
如此一条路走到白
时间会不攻自破

迷路的人会起死回生

就留点念想给世界吧
尽早赶制一件贴身的
天使外衣

2020.1.4

雪　天

纵然徒有一壶好酒

只能独饮

适合独行的天气

乌鸦紧随其后

整个大地沉下来

没有高低宽窄

白天和昼夜颠倒

谁在铺排叙事

窥探光的秘密

跳动的雪直立

人间再一次生不逢时

祈祷大于奢侈

一颗奔跑的柳树

接济散落河底的卵石

炊烟自带草木气息
牛犊哞一声村落大一圈

世界从一开始跌跌撞撞
听冰封下涌动的流水

2020.1.5

雪　人

造人啊，从来不是我们擅长
我们穷追不舍的仅仅我们是谁？
我们从哪里来？

堆起来的身体
借用的嘴巴、鼻子、耳朵、眼睛
或可与世界沟通的雪心
望眼欲穿的世界依然飘雪
忘不了你眼睛的湿处
是来自天国的忧伤
还是人间的悲悯

关于对你，对你的爱
我们只能轻描淡写
一个孤单的雪人挺立在雪天
禁不住太多的人情温暖
我们只能奢望

世界的另一端也有

一双温柔的眼睛

2020.1.6

雪 地 脚 印

光无所不在地抽打雪的脸庞
远方沉重，像沦陷的城市
中间地带的人群

始作俑者绝非一个人的想象
鸟和兽类的好恶
被星星安放在同一片天空

急行军式的呼吸，惊现昨夜梦里
我站在如海的雪地迷雾
不见身影

光打在雪的脸庞的同时
也打在路人错乱的脚印上

2020.1.8

轻 盈 之 诗

前世早有定论
今生还在修行

重的，重压七层佛塔之下
轻的，轻若蒲公英的种子

避重就轻本来没有秘诀
时间的弃儿。只等喊停

重的远去埋藏
暴风雨上的云。重的远去

轻的双手捧起
经年之雪的舞。轻的飘舞

2020.1.10

沙 漠 幻 想

轻飘飘的身体，如丝游离
只剩一个太阳，光杀死光

谁的耳边响起驼铃的撞击
久远，熟悉，唤醒藏梦人的警觉

开始，向更空的一切深入
空中楼阁不是归宿

行进，一只黑蚁挡住去路
问及三千里外的功名与尘土

归路，难得清醒时糊涂
身在何处？何处才是归路

借一粒饱满的苦沙
窥探暴风眼逼近的水源

煽动大雁南飞的雄翅

撒下梭梭草发达的根系

今夜，整个沙漠都是我的温床

我在遍布沙漠的温床上，左右幻想

2020.1.14

时 间 小 兽

我的时间盛开着
我时间的小兽撕咬着

我的时间，我时间的小兽
藏在混沌梦境的狮子
棕红色的毛发倒立

我追逐的时间，我时间的小兽
接近终点的三只拦路虎
张开獠牙血口。你看

我纠结的时间，我时间的小兽
所有季节的猫啊
不分昼夜地嘶叫。你听

我钟意的时间，我时间的小兽
拥有七秒记忆的金鱼

从翻江倒海开始。你想

我远去的时间，我时间的小兽
赴尘土之约的北方狼
功和名左右为难

我的时间盛开着
我时间的小兽撕咬着

2020.1.22

想着远方，现实就不会累

是时候放下脑中执念
想想执念之外和执念之内的事情
风从容 云轻盈 我独醒

是时候将往事追忆
追忆的大潮一浪高过一浪
浪下的受伤者独舔伤口

是时候规避一切可能的接触
陌生的 熟悉的 被光线左右的
守着一杯浓茶守着自己

是时候放下罪孽深重的自己
想着远方，现实就不会累
想着远方，现实就不会累
我们都该放下罪孽深重的自己

2020.1.29

祝　福

在歌声凋敝的新年里
在雪落无声的黑夜里
一群白鸽穿梭
我悄悄许下祝福

在我刚出生的婴儿哭声里
在窗外凝视的双眼里
一股暖流激荡
我悄悄许下祝福

在城市密集的房屋里
在乡村空旷的田野里
一抹春色摇曳
我悄悄许下祝福

在推迟的新人婚礼里
在延迟的家人团圆里

一匹白马驻足
我悄悄许下祝福

在孤寂者的内心里
在朝圣者的旅途里
一声惊雷响起
我悄悄许下祝福

在所有人的耳膜里
在整齐划一的行动里
一句口号铿锵
我悄悄许下祝福

在东方微露的晨曦里
在新年故事的开端里
一缕光明闪动
我悄悄许下祝福

2020.1.31

春 天 春 天

一万次眺望,才够得着一次希望
在春天,任何播种都大于希望
因为寒冬过,暖风至
在春天,高出十万方云朵的爱
是细雨,是润物低低的谦卑

许多人和事,终究会被遗忘
夏天,秋天,乃至冬天会很漫长
我们的一生也会很漫长
我们会在漫长的日子里
享受日子剩下的荣光

而春天,而春天
仅是一年中最不起眼的开始
我们在最不起眼的河流之上
废寝忘食

我们在最不起眼的河流之下

全力以赴

2020.2.5

你 们 听

你们听，河对岸的笑声还未散去
你们听，他们在嘲笑失语者的懦弱

你们听，春草绿了，春天近了
你们听，深居冬天的人，还未从雪印中逃离

你们听，时光深处的风啊，已刮过三遍
你们听，悲伤的人还在逆流成河

你们听，人来人往的街道回声空荡
你们听，伊人手握古色旧伞尚未走远

你们听，那些难熬的时光已翻身远遁
你们听，树下的人还在转圈追问

你们听，母亲的拿手菜已飞驰下锅
你们听，唤儿的回声还在村南飘荡

你们听，高于人间的三寸白雪，纷纷下落

你们听，落在心坎的雪，正嘀嘀嗒嗒

2020.2.9

想做瓦窑堡的一块炭

每当钟晨暮鼓

我都会将自己当做

燃烧在炉火中的一块炭

顺着蜿蜒的秀延河，或起伏的龙虎山

在村庄绕田，在城市高塔间流连

做一块炭，在瓦窑堡

不用跟随四季颠沛，他乡流离

将所有心思，藏于山水草木

万年亿年的宏图，一绘再绘

将自己的爱恨，连同自己

一并焚烧，留清白于世

2020.2.15

望 春 风

此刻，光破窗而来
背地的积雪还未消尽
澡雪的白

远方的消息被风催促
夹杂新鲜泥土气息的风
刮过了，就无影无踪

试着将近处的大山填平
然后种上谷物，唤来春雨
期待阳光、雨露、鸟语、花香

从此再无期待，再无他念
望着春风远去的方向
站成一棵树的模样

2020.2.22

雨　淋　淋

初春的雨努着嘴
有女子出嫁的喜极而泣
有爷爷望不透的远山雨雾

这安静的，多情义的雨
自带音符跳动的秘密
从遥远的天际做客归来
想必也是一路辛劳

这含蓄的，多情的雨
披在经历寒冬的广阔大地上
每一次触摸都是情人的手
每一声耳语都是母亲的呼唤

置身一场春雨之中
天淋淋，雨淋淋，雾淋淋
人变得多愁善感，变得故作镇定

会及时拥抱身边的朋友

会无所顾忌地想念远方的亲人

2020.2.26

心　事

黄昏将一个人的心事铺开
将村庄升起的袅袅炊烟遗忘

带着塔尖的猎猎旗风张望
河水如四散开来的牛羊

靠北的鹅卵石体内水火不容
金属响器的嘶鸣
一遍遍超过芦苇心脏的高度

黄昏的酒杯盛满
——尾随太阳的锋芒
夜晚的酒杯触及
——遍地月光的情人

盛满孤独者的酒杯，盛满烈焰的酒杯
盛满荣耀者的酒杯，盛满血水的酒杯

盛满终结者的酒杯，盛满春雷的酒杯

谁能一倾而尽？谁将长眠不醒

2020.2.25

春 光 正 好

将身子敞开，流水的春光正好
光一动一动的，灵魂容易出窍

隔壁家的花猫，还躲在温柔乡西角
隔壁家的女子，还未达及笄之年

我听到田野和小鹿，偶然的对话
听到溪水迈着碎步，哼着大山深处的歌谣

春风将第一树山桃花吹开
春风将不再是人间的舞者

春光之下，镜中的你
是细雨，是弯月
是软风，是飞上枝头的青鸟

是疾风，是野草

是澡雪，是韵脚诗的开头部分

2020.2.29

隧　　道

光的中间部分是隧道
黑暗的两头是光明
我在隧道深处，切割黑暗
光明不期而遇

大山被我一次次穿越
大山将我团团围住
我是时光深处的蛙鸣
好动的穿山甲，唯一的眼睛

我听到人们厚重的呼吸
来自不安的焦躁的墙
臃肿的身体和思想
同时活跃，同时颓败

这一切因真实——变得虚幻
虚幻阳光、雨露、空气的恩赐

虚幻宇宙无理由的宽广

虚幻另一个我

和另一条隧道的融合

2020.3.3

春 日 漫 步

只有行走，才算脚着地头挨天
此刻，春日真实，路在脚下

春日下，每个人都会凯旋
每个人，都会生出一缕发芽的炊烟

空气中又传来泥土绽放的芬芳
漫步的人走着走着就醉了，忘记归路

不是每一条路，都通往春天的浅滩
牛犊踩着踩着，就将田野推向清明

和着风顾盼左右的山林，沟底小路
将一个春天的雄心，表露无疑

2020.3.6

129

春　光

春光从蓝色玻璃的缝隙中绕行
他们很年轻的样子
谁的身体，在三月无草的田野弯腰

我用意念控制着风，风微张着嘴，吞吐
像个傻子，盯着悬浮的事物
你从捆绑的缆绳束缚出来，被托举的手掌

许多未命名的虫子，快速通过我的身体
着急抵达的方式
我忘记最后一只火鸟，在天空飞翔
忘记被解封的溪，水滋养牛犊的味蕾
忘记本该忘记的诺言
忘记自己在春光下奔跑

春光就是这样

漫无边际，漫无边际地生长

2020.3.9

划向中年的火柴

所有朝南的脸都立正，转身
忘记昨夜的酒，和唠叨
忘记临行前的嘱咐，眼泪
忘记，又想起

我们都是孩子
我们都将长大
我们都是别人的孩子
我们都看着别人长大

雨天长着一只长长的脚
谁的夜晚，被一束灯光照亮
世界是一双需要包容的眼睛
温柔不再是倔强的对立面

鲜花和掌声，是时光的另一张脸
镜中的自己发如白雪

划向中年的火柴一闪即逝

划向中年的火柴久久不灭

2020.3.18

遇 见 桃 花

许多想念是不需要理由的
比如见一个人或见一树桃花

前期无数次魂牵梦绕
只为窥探心底的真容

褪去的繁华，是时间的疗伤药
眼前的芬芳，是生活的伪面具

我们相拥着去见桃花
桃花恭候一波波路人的寒暄

一树桃花，如此精巧的设计
非良工非巧匠不能胜任

一树桃花，是新作也是旧文
只是花间的秘语，想念的方式不同

2020.3.20

父 亲 语 言

也许你还躲避柴房与黎明，发誓决绝
一万个不愿意，化为一万颗闪动的星空

或许你的心里从来没有我
我只是你最熟悉的陌生小孩

一双柔软的小手，一双沾满老茧的大手
摩擦出的弧线，是童年少有的晴天

泛黄的老照片映射一切，时间治愈你我
我们已能亲切交谈，像朋友更像父子

我不再硬着头，你也能正眼看我
那些灰色沮丧的旧事，转眼换了人间

日子开始疯长，我有了你的容颜
你成了我孩子的模样，一起享受剩下的时光

夜深人静的床头柜，翻找父子间的语言

禁不住——泪流满面

2020.4.20

前　兆

空气中裸露着
看见，看不见的事物显现

我能听到泥土翻滚的声音
种子拼命撕裂自己
林中的鸟飞向更远的林中
没有一个人可以阻止
没有一块石头可以立足

黑夜浸泡在空洞的深邃中
那深邃中有闪电，春雷，暗雨
疾风，骤雪，未知的恐惧
一切被预言
一切被解脱
一切被释怀

空气中裸露着

看见，看不见的事物隐现

2020.5.4

槐花雪月

五月
有许多美好的事物惊现
如槐花
在入夏的枝头盈盈生长
柔光中
雪花似的抖动身子
爱的华尔兹旋转
一圈，两圈……
伴着银铃般的笑语
鸽子开始觅食的一天

这个清晨
露珠中的草叶缓慢
流淌的溪水缓慢
探出头的雏鸟缓慢
升起的炊烟缓慢

来不及言说的日头缓慢

槐花雪月中的人们缓慢

2020.5.5

夏天的模样

一缕晨光径直走进我的房间
带着翻山越岭露水的从容

十二个独立的梦，组合起来的夜晚
像不像一年中十二个孪生兄弟

此时，夏正携手而来，扑面而来
所有夏花的烂漫一览无余
所有翻腾的浪花紧随其后

握不住时间流沙的人啊
一定要赶在绿荫到来之前
在希望中悄悄许下愿望

看不清夏天模样的人啊

一定要在橘绿橙黄来临之季

擦亮双眼，喜光生长

2020.5.12

唢　呐

我想在铜质的金属声中，安乐死去
告别黄昏的仪式
不需要理由，为明天早起的太阳祝福

无数的故乡，草木，瓦罐
熟悉的，陌生的，纠结的皮囊
在渐高渐低，抑扬顿挫的金属声中
微缩成影。大幕拉起时，人潮涌动
大幕落下，想起孤独，想起一世的荣耀

试图回忆——
过去关于一种声音的周期，欢快，悲伤
相似程度。第一次的和最后一次的
越来越多不可捉摸的细节，远去的符号
像长满多脚的蜘蛛爬出海面
距离，空间，精神，越来越明晰

更多时候——

它象征人情，代表冷暖

是一个人出生入死的佐证

是所有情感发泄的窗口

是这片土地得以生息的圣火

不需要理由，为明天早起的太阳祝福

告别黄昏的仪式感

我想在铜质的金属声中，安乐死去

2020.5.23

推 磨 人

石磨盘没有记忆
时光像顽童哭过的泪脸
留下的印记满目沧桑

一圈一圈的推磨人
轮流将五谷推向村庄
推向村庄以外更远的远方

我从村庄以外的城市归来
乡音被石磨盘一遍遍磨平
连同傲慢、愧疚、难言、乡愁

2020.5.29

艾　草

生于野地，也曾向往喧嚣
命若本该如此，又何必向天折腰
命若要我荣耀，我必粉身碎骨

多少次黑夜摸索，多少次凝视守望
只为绽放体内的肃杀之气
只为驱散人间的邪瘴虫蚁

从此与喜怒哀乐为伴
从此遍尝人间酸甜苦辣
从此抵达一叶草的真容

2020.6.3

山里的月亮

山里的月亮
一定曾照过李白、杜甫
一定有所保留

是时候卸下思想武器
将手脚，身体全部交给月光
月光皎洁——
被照亮的部分闪着余光
我曾不止一次披星戴月

脚下的荆棘，黄金打造的河山
需要流血，流泪的语言之美
月光如水——
今夜，错过的都将返航
今夜，存在的都将永恒

山里的月亮

又一次抚平草木，鸟兽

又一次毫无保留

2020.6.3

芒　种

麦子已入镰的法眼
青果正青

炙烤在所难免，乌鸦放弃反抗
反抗是徒劳的
徒劳，何止一腔热血
何止满目秀色
还有对夏的隐忍

不如去怀念
怀念走丢的风，怀念未到场的雨
怀念去年入夏时的第一封来信
怀念过去遗留的种种
怀念——

从山中觅得一捧蓝花
蓝色，是醒目色

是初始，是诱惑，是希望

今日芒种，此乐从中来

2020.6.5

口　琴

被封存的美好从指尖流出
声音何曾忘记时光的隐痛
声音是黑磁铁
主动吸引每一个远离它的人

童年的每颗牙齿会说话
童年被发光的口琴所缠绕
一支口琴就是快乐抵达
就是无与伦比的美丽

小口吹一声，童年就大一圈
大口吹一声，父亲就老一岁
吹啊吹啊，我的逝水流年
吹啊吹啊，我的记忆苏醒

2020.6.4

时间安排一切

听时间安排——
它让谁高兴就高兴，让谁躲远就躲远
你，我，或他们
都是玩偶，时间的玩偶

时间之内。呼吸，徘徊
时间之外。仰望，沉吟
时间的诗啊——由我去写
时间的吻啊——留给黄花

可惜，你还在一场夏雨之外
我还没有选好称心如意的书
我们被缘分推托着
缘分这本书，越翻越着迷

听时间安排——
跟着它的脚步，慌乱从容的脚步

你，我，或我们

一步步，走向温度

走向烟火人间

2020.7.10

明 月

此刻，月半中天，夜很宁静
属于我的月亮，正悄然升起
追逐，裸露，释放，还原

像白花花的银子
消耗着生命原有的厚度

像夜空中一瓢清泉
滋润着每个干枯的喉腔

像迟到的歌者
发出只有夜晚才懂得的妙音

我不止一次从梦中惊醒
双眼噙满了未知的泪水

2020.7.5

雨　夜

所有的雨聚集
发了疯似的冲撞着夜空

我听到山峁沟壑的喘息
秩序被一次次打破
一次次重建

大地上裸露的生灵
一定会经历——
兴奋，呼喊，抓狂，直至悲伤

从兴奋到悲伤
就像一朵玫瑰，慢慢，慢慢地绽放
像一首安魂曲，缓缓，缓缓地流淌

很多次，我在雨夜寻觅

失散的雏鸟，隐退的星辰

和无数未命名的语言世界

2020.7.12

黄　昏

许多黄昏包裹着我

我像孩子，故乡的孩子
我偷偷地学着发声
在夕阳将沉未沉之时
在倦鸟回归未归之途

我像个孩子，不谙世事的孩子
我想躲在尘世之外
尘世一如既往地纠缠
苛责于我。看来我是逃不掉的

只有选择在黄昏抉择
选择在黄昏下委曲求全
让黄昏更浓厚的色彩包裹我
一层，两层——直至黑夜

2020.7.15

晚　霞

我将写尽一天中最快乐的事
将成片的晚霞留给你做嫁妆
你可以选择嫁妆的质地颜色
新娘是你，天空请留给我

我也想对过去尽情怀念
对着昨日抱憾离去的晚霞倾诉
你尽可能去做一个懂事的孩子
牵着一只会说话的宠物，一路高歌

我也想让明天留在画里
可流动的晚霞拒绝说不
一个人的未来不能被限制
它不仅包括幻想、使命，还有淡淡的忧伤

当我写下这些，黑夜即刻吞并晚霞

还有新娘，孩子，未来以及淡淡忧伤的故事

2020.7.18

山 村 夏 夜

没有风刮过的夜晚

山村出奇的宁静

那些暗处的蛙鸣

是不请自来的乐队

一声狗吠

将村庄引入短暂的合唱高潮

喜欢在夜里数星子，看月亮

星子一闪一闪，月亮无比皎洁

那些快活的日子，像童年的笛声

像燃烧的艾草四散开来

像牧牛者的铃铛响彻至今

像庙会的道情唱腔一样悠远

像萤火虫的微光越聚越亮

我爱这样的山村夏夜

虽然我知道它一去不返

2020.7.30

夏 至 之 后

夏至之后
我将更多的自己，暴露在阳光之下

有些事就像有些人一样
需要反复晾晒

有些人就像有些事一般
需要反复提起

直至人和事，和阳光
——混合，重叠，消长

直至可以去除陈旧
直至可以收藏入山
直至可以借秋过冬
直至穿越时光的荒芜

夏至之后

我将更多的自己，暴露在阳光之下

2020.7.29

山 村 笔 记

选择在山峁上静坐，远眺
小时候的习惯，一直保留到现在
喜欢听周遭的一切
包括鸟鸣，狗叫，泉水叮咚
汽笛，叫卖声，偶尔吼几句的陕北民歌
喜欢被时光一点一点淹没
直至黑夜悄然降临

整个山村，在黄昏一刻间选择驻足
炊烟不再袅袅，满目绿色喜人
我喜欢在此间，收拾破旧不堪的心情
重拾信心，重新出发

2020.7.31

听　雨

听雨，听细小雨滴长大的乾坤
听雨，听雨从有到无的辛苦历程
听雨，听最激昂最旺盛的生命力演出
（你，我，他们都在听……）

听雨，我选择在鼓楼望角
在千桥湖畔，在雄奇的黄土高原
在夜的停留间歇，在情人的眼睛
在牧羊人扬起的长鞭，在刚沏好的红茶时

听雨，将发黄的过去铅洗
将钢蓝色的天空擦亮
听雨，将时光和现在一分为二
将笔下的文字怀揣在胸
听雨，将未来的未知提前澄明
将鸟语花香提前引入寻常百姓家

无论是斜下着的雨，还是被风吹久远的雨
是落在玉米叶上的，还是被捎带进深沟里的
化为汹涌的洪水。黏附在男人脊背上的汗液
女人鼻梁上的露珠，撑起大地魂魄的精灵
……

此刻，我都会感谢你。给我生命的雨水
终将恩惠千千万万生生不息的后来者
也终将恩惠你自己——

我还在听雨，你多形式多角度的留存
在不同高度，纬度，以及历史长河的留痕
每一滴雨都有着瑰丽的诉求
每一滴雨都在认真表达着自己
（你在听，我在听，他们都在听……）

2020.8.7

当我写下秋天

当我写下秋天，秋天立刻落下黄叶
好事的风一吹再吹，黄叶一落再落

当我说爱你，你脸颊泛起红晕
春天明媚的阳光，是醉人的金子

当你说一生太短，来不及守候
满世界的飘雪，青丝转瞬白发

当你垂垂暮年，当我还在还原秋天
当我们谈起过往，谈起年轻时候的爱情

2020.8.25

美 人 鱼

音乐　比以往更卖力表演
狭窄的空气里　充斥着好奇　兴奋　喜悦
并不是所有期待　都如花如月
一呼一吸间　灯光让视野　一开一阔

美人鱼　像传说远去　像虚构　正在上演
顷刻破灭的水泡　幻化真实的情节骨架
缺乏想象的水底　爱情被现实一次次叫停
只有孩子的瞳孔坚信　童话和美丽世界

一场美人鱼的表演　是愉悦心坎的一道闪电
是季节心事外放　是童心和时光记忆未泯

2020.8.29

牵 挂

终究会像流水远去
什么都留不下
一粒沙的重量
握在手心——很疼
一丝云的呼喊
不会引起风的牵挂
牵挂是语气词，助词

此刻
——月光如洗
——我依旧

2020.9.3

秋 风 辞

双手掠过秋风的余温

双耳倾听谷穗子的私语

秋天，更接近黄土地的心脏

金黄，更接近故乡的色泽

在故乡八月丰满的季节里

和天高　和云淡吐露心声

秋风中裹挟草木浓烈的回归气息

那些和我一样四处漂泊的游子

一定含泪沉默于此

2020.9.29

归 于 平 静

白天归于黑夜，黎明归于朝阳
正午归于忙碌，夕阳归于晚霞

倦鸟归于山林，游鱼归于大海
喧哗归于寂静，寂静归于虚无

伴着一只淡蓝色少见的北方蝴蝶
在秋分过后的菜园子里寻觅时光

八月最后的秋光，一遍遍击打土地
就像劳作一年的农民，在拷问收成

我所有的辛劳是那样的微不足道
对于正燃烧着火一般的秋天景象

我所有的辛劳是那样的微不足道
就像刚写下的短诗是那样的平静

2020.9.29

我在无数个秋天里过活

我在无数个秋天里过活
秋天被我叙述的无比庞大

一些弱小的事物一经吹捧
就会实现它的理想
蒲公英，苹果花，爆米花
——概莫能外

我秋天的理想——
是和一株谷穗子称兄道弟
是和院门外的枣树茆一较高下
是和野菊花说些私密的情话

我就这样在无数个秋天里过活
风吹枣落，饮酒赏月
生儿育女，遍尝秋草

2020.9.23

钢琴曲连奏

阳光在指尖有节奏流淌
尘埃是独立的音符，旋舞
被一双巨大轻盈的翅膀托起
心灵度过无数个自由假期

春日，夏忙，秋水，冬雪扑面而来
我看到生活鲜为人知的一面
美好的事物争先恐后向我袭来
就像剥开种子内部发声器的自己

我是竞赛者，我是裁判员，我是观众
我变得争强好胜，我变得愉悦旁人
我变得微笑沉默，我变得小心翼翼
应接不暇的记忆，欲迷我眼，欲慌我神

钢琴曲一曲奏罢又连一曲

人和物纷纷倒置，交叉，高悬，远离

时间顺叙，倒叙，插叙……

2020.10.17

麦　苗

深秋的第一抹薄雾中
你探出嫩绿色柔软的腰身
顷刻间，秋变得不再沉寂
活跃成我心头最明亮的部分

我从遥远的城市走来
村庄陷入短暂的眩晕状态
这是季节最动人的地方
指引人们思悟，抉择，走出困顿

在植物面前保持静默
像植物时而谦卑时而荣获恩宠
轻抚一株麦苗的浅色童年
世界顿时澄清充满光泽

2020.10.21

等待一颗柿子掉落

傍晚还是清晨，我都会赴约
和一棵柿子树无预定的约会
秋风笑我痴情
野草露出不屑的眼神
霜降一直为我提心吊胆
我在期盼什么
我在找寻什么

直到一颗柿子无端掉落
我的心才触电般惊醒
伸出的双手顿觉无力
成熟的果实多么诱惑
压弯了枝条，有向下的加速度

我站在这场约会中
形单影只，总到不了岸

2020.10.23

时光安静于此

时光安静于指尖的露珠

需用心守护的晶莹

麦苗朝向——深秋的东方

和着鸟鸣将灵魂栖息的地方升高

村庄越来越小

小得剩一抹淡蓝色炊烟

我在四散的风烟中寻觅

时光安静于此的秘密

2020.10.31

绥 德 石 狮

必须说出石狮的
暗语——绥德城顷刻间
容光焕发

想充当石狮中的头领
绕不过匠心
绕不过这一方好山水

胸中藏有丘壑
必显露于刀斧之下

刀斧之外的世界
是与梦厮杀
是与现实和解

2020.11.2

触摸瓷的温度

第一眼的世界，充满柔光
少许的温情，恰到好处

走过唐宋血脉中的耀州窑
千年留下的炉火不熄
我清澈的眼眸不熄

放下世俗强加给我的一切
我是耀州土生土长的土
耀州窑炉火中的火，耀州窑烧制的瓷

百击千打成形，万火锻烧成魂
经流年洗涤而面不改色

触摸你的温度，滔滔史河回溯
一万束沉默的强光从地底窜出

瓷的世界就是烟火人间
瓷的余温正还原人间正道沧桑
人间所有悲欢离合正排队而来

置身其中的我——
是色釉，是黑陶，是青瓷

2020.11.6

一个人的香山

一个人的香山，会有多少落叶吹下
一个人的香山，要向天空俯视几次
大地一次次成为过眼烟云
烧香的人们，求佛的心，隐在路途

一群人的香山，会有多高多大
一群人的香山，注定拥挤不宜清修
守山人，会用七种语言将空门释怀
会用香山二十四时辰，说尽山里的事

十二生肖守卫的香山，坚不可摧
作为生肖属马的我，在香山
没有桀骜不驯，没有长吁短叹
只有静默守心——

原来命中早已注定，我只是依命而行
离开香山的路上，一只蚂蚁挡住去路

一团白云紧追不舍，原来我已被尘世

放逐良久——

2020.11.7

网

用手触摸
用空去装饰空

必须加以验证
恢复自由和宽宏

呼吸局促
受制思想的傀儡

谁在试图摆脱
强加于颈项上的枷锁

无形的，一双看不见的手
神秘的，略带苛责的长叹

请允许向北的火车背道而驰
请允许固执远走的牛羊回头

2020.11.19

雪 一 直 下

大雪在我心里
——已经落了一百场
一百场的大雪——
还未将我的心坎填满
这欲壑难填的心坎
曾是身体最柔软的部位
我不止一次向别人炫耀
炫耀它的柔软和温度

此时雪一直下，不分昼夜
它开始麻木，困顿，冰凉，走向低谷
这是我最不希望的

2020.12.1

虚 构 的 雪

漫天的雪都是我虚构的
我不止一次虚构雪
还虚构以雪为生的山川河流

故乡的院落最值得我光顾
要不破旧的老屋
一时还得不到恰当的修补

青春期的雪还留在发梢
如今我又重新勾画
却再也听不到铮铮誓言

一尾以雪为生的鲤鱼
像一列北上的火车挡住去路
鲤鱼和火车都是孤独的雪

中年的雪啊，纷纷

一生要虚构多少场雪

才会抵达旷世的真经

2020.12.1

故乡的河已结冰

故乡的河已结冰

而我还在异乡打拼

长长的夜

那么多甘冽的星星

没有一颗真正属于我

看来我还陷于贫穷

故乡的山已落雪

穿着雪衣的山更加俊俏

长长的山路

不时有野兔、麻雀、野山鸡出没

儿时的快乐

想想就丰满

2020.12.7

上　山

那些无处寄托情思的人
在十字路口，在路的平缓处
画个圆圈，打上香火，摆上贡品
祭奠心中的悲悯——

有一瞬间，我的心在剧烈颤抖
那个磕头烧纸的人，会不会是将来的我
我的亲人随着时间终将远我而去
原本热热闹闹的世界
终究会剩下孤零零的我
一个人守着孤独到老

就在那一瞬间，我拨通了母亲电话
当母亲叫着我的小名时
我大张着嘴巴一句话也说不出
只能任由眼泪倾诉

只有任由眼泪独白

那无声拥挤的人间路上的爱

2020.11.15

在新年的日子里

新年的第一天
你会想些什么
会做些什么
一切好像焕然一新
与陈旧纷纷道别

夜里听见冰水撕裂的声音
人在光阴的幻影里悄然生长
摸摸头骨，摸摸脸庞，摸摸心跳
好像一切梦幻般开始
又不受时间安排似的缓缓收拢

身在其中的你——
像眉发花白的老人
像天真烂漫的小孩
你可不要犹豫——忽左忽右
不要彷徨——失去自我

更不要跟着一朵雪花——
凑时间的热闹

日子慢慢悠悠地伸展
不留一丝痕迹
我在新年的日子里
为所有人祝福 祈祷

2020.12.25

一根芦苇挡住去路

迎面扑闪过来——
或猛兽，或飞禽
低矮的心啊，跌落数万丈谷底

轻轻地，抚过脸颊
留下痒，难以克制温柔的痒
芦苇——一根芦苇挡住去路

芦花弥漫在多阳光的冬日正午
芦苇摇曳，没有风
在尚未冰封的河滩，没有一丝鸟鸣

巨大的虚无笼罩着山川河流
我显得孤独，多余
那根挡我去路的芦苇一动不动

2020.12.26

白 杨 树

无边的白杨树诉说坚贞
尘世间最真挚的爱情，何等伟岸
你亲手栽下的白杨树，已沐雨千年
千年为此留下久久的叹息
每一片叶子都保留时间的签名

烽烟再起的时候，你唱着歌谣
久违的自带高原腔调的歌谣
一下子拉近我与往事的距离
往事有太多说不出的感伤

我独自坐在白杨树的尽头
喝着一杯时间酿成的苦酒
反复品味，反复咀嚼
时间将我一次次拥抱
又一次次将我无情推开

时间的弃儿，终究大不过眼泪

我像个孤苦无依的孩子

在白杨树留下的阴影里辗转

我为此，感恩遇见的每一棵野草

2020.12.31

辑 四

因 为 星 空

小　寒

字典中寻找

寒冷不确定的开始

风跟随风

水紧贴冰

返乡的经卷，念了一千遍

从红花到绿叶，从细雨到大雪

终究没有变样，还好

为火炉准备的干柴，已劈好

方言，是穿在身上的

谁都无法轻易脱掉

多少次，比喻给了月亮

月光将后半夜的故乡引燃

我从小寒的偏门而入

正中故乡的下怀

2021.1.5

病　房

中年切下多少

晚年就会报复多少

集体的疼痛

不偏不倚

砸在身体

每一处细部

毛孔阻塞

皮肤流血

骨头流泪

似珍珠，发着暗光

与时间较劲

非头撞破，血流干

好在

我有一副铁肺肝胆

不畏惧横生的白发

不畏惧生死的边界

在人间

途径每一间病房

都需昂首挺胸

2021.1.10

漂　泊

站台，高楼，街道，汽车
在晃动。和窗玻璃背离的方向
一声长长的汽笛之后
车厢内滚动起激昂的音乐
泪，所有来不及说出的方言
开始掉落，像老枣树下的疼痛

陌生取代熟悉，模糊取代清晰
一条漫长的路，蚂蚁般艰难求生
走过童年，少年，青年，接近中年
故乡的雪一次次落在黄土地上
故乡的雪一次次消融黄土地下
一切开始悄无声息，一切结束井然有序

夜晚迷路在北斗七星下的羔羊
山洪中一棵不知前进后退的皂角树
我曾千百次徘徊于十字街头

那些顶着烈日暴雨前行的人们给我启示

一想到"漂泊"二字——

这些场景在我脑中闪现，挥之不去

2021.1.12

手术室门口

不知为何

在手术室门口

想起"念经"二字

临时抱佛脚

慌乱的心

足可自我安慰

人的渺小

在于自身

惊弓之鸟

不止一次品味

成年后的我

到过三次手术室门口

一次是父亲坠崖后

一次是妻子生产

一次是儿子鼻内做手术

每一次的慌乱不一致

每一次的慌乱都很清晰

生活

越到中流，浪越急

2021.1.17

因 为 星 空

因为星空，我才仰望
才敢失声于整个银河
世界很大，高原的风很辽阔
我很渺小，我很自卑

我在寻找——拯救夜空的流星
我在效仿——振翅归巢的倦鸟
发光的河流，会飞的村庄，寺庙的钟声
——让我不再孤独

2021.1.19

目送一列火车离去

此刻，我是伤感的
远去的何止火车的咆哮
我听到空气中有一只鸟
喋喋不休诉说着什么

时间就这样停下来该多好
停在一个人风华正茂的年纪
停在日子爬坡向好的时候
没有风，白云自由自在
阳光随意泼洒下来，举起手

可是，车轮动了
犹豫的眼泪最终滴了下来
所有水平面的镜子被打破
我知道心潮一时难以平复

2021.1.24

腊　　月

腊月是最后一位返乡人
充满泥泞的归途
总少不了一场雪的问候
雪片像空灵的鸟儿
无声剥夺有声世界的喧哗

梅花拥有自己独特的语言
在数九寒天
在近乎苍白的整个冬天
傲立枝头，吐露春意

我在年味的近乡情更怯中
分身乏术
腊月开始盈盈闪光
变得清晰，温柔，期许

2021.1.28

花　满　地

不曾拥有，何曾期待
满地花谢，像仙子裙裾
像夜未眠的心思

随着晨雾露出真容
阳光在花的额头一下一下跳跃
每一下都餐风沐雨，饱经沧桑

站在时光中央
隔世的情人伸出臂弯
参禅多年的老者隐现

时光就这样慢慢悠悠不等人
慢慢悠悠走过一年又一年

2021.2.1

温　度

手与手之间，触摸
一个人，两个人，或一群人
可以冷漠，可以娴熟
可以无所顾忌，可以小心翼翼

手心间生成的风
可以很大，大到龙卷风
可以很小，小到如游丝
我就这样揣着手心的风

走啊走啊，从路的中央
走到另一条路的中央
走啊走啊，从河的湍急处
走到另一条河的平缓处

我羞于时间犀利的眼神
迫于锋芒，顾左右言他

我羞于和所有往事道别

无论欢喜，无论悲伤

就将手心间的风珍藏

藏进日记本植物书签的绿中

藏进所有不甘堕落的诗言志中

藏进昨夜未喝完的半盏酒里

没有人可以抵挡住这阵风

无论顺从，还是反抗

2021.2.5

余　晖

一种畅然的美

极尽燃烧

拥有短暂的冲动

和不安的尾声

使出洪荒之力

成全天空

成全黑夜

成全时间的眼睛

写满余晖的瞳孔

是沉甸甸的爱

在闪烁

2021.2.18

春　花

我不止一次写下春花
涂抹，反复修饰

像生活中诸多原罪
祷告，反复触碰

很多时候，春花对于我
是一种敢于冒险的生命

它远远大于杏花，桃花，梨花
或更多借助春天生长的花朵

我们都太轻视自己，过于冷漠
此刻，大地零星的野草正顽强抬头

2021.3.13

油 菜 花

通往油菜花的小径

蜜蜂在把守

花的宝藏私自给了三月

大把的好时光用来消磨

在一片油菜花前

静立，拍照，挪步，远眺，吮吸花香

时间久了，不由得

扮成一朵油菜花的模样。不由得

忘记喧嚣，远离繁杂。不由得

只求阳光雨露，快乐与否

2021.3.19

清　明　雨

梦里想对你说的话
清明前后退却成一场雨
一场说大不大说小不小的雨

这场雨将地表的骨头酥软
浸泡，发酵，生长为春天的菜肴

加上去年秋收的洋芋，用遗失的母爱清蒸
再参许春风的得意，用铁锅暖心熬制

人间路远，食不果腹的日子不再相互为难
我又在这场清明雨中梦呓，梦话连篇

2021.3.20

夕　阳

我就这样坐在你的面前
任由你挥霍时光
任由你将时光挥霍

天空堆积越来越多的疲惫
稍一放松，警惕
窒息的疼痛，即刻燃尽多余的念想

夕阳，是一个人的孤芳自赏
是一个人背对影子的喋喋不休
是我带着你明火的隐喻悄然入眠

2021.3.24

站成一棵树的模样

来生，让我选择
我会毫不犹豫选择
——站成一棵树

站成一棵树的模样
在城市，公园，乡村，河流
为人们保留最后一抹绿
让生命多一分期待

站成一棵树的模样
在风中，听风的过往史
听风中女子的呜咽和笑声
听村庄的失眠和寺庙的钟声
听喧闹剩余的快乐和忧愁

站成一棵树的模样
在雨季，任你用何种方式接近我

我都报以树的姿态
虽然你交出了真心和眼泪
但是一棵树的本能
只能用年轮和站姿回应

站成一棵树的模样
这是我来生坚定的选择

2021.4.5

冲　动

夹在书中的树叶
比长在树上时精致
也许是少了骄阳
风雨的洗礼
时间久了，学会隐藏自己
也许是少了莫名的伤害
美丽不由自主完整

清晰的脉络，稚嫩的锋齿
少许的尘埃，红褐色姣好面容
让我更加清晰生命的走向
让我萌发想做一枚
夹在书中树叶的冲动

2021.4.10

青 杏 尚 青

青杏尚青
一季才刚刚开始

青涩，远远望着
被端详的时光

绿叶吞云吐雾
发出青山般光泽

暗处，手指间浮动
传来童年的柳笛声

我听，我看，我想
蜂蝶、野花和迟来的撞钟声

2021.4.15

苹 果 园

这次我们又谈到诗歌
像过往的很多次那样
只是第一次在春天的苹果园
谈论和苹果树无关的诗歌

春风吹着苹果树开花
吹开了每个人心中
积蓄已久的春意
阳光就这样漫无目的铺展

高高叠起的错落的苹果园
会让人无端想起什么
想起尚好的青春，想起秋日欢愉
想起生命中第一个吻

雨的手指轻戳一下我
我从疲惫的远方醒来

苹果园，享受野蛮生长

猛一回头，才发觉自己

是一棵野性的苹果树

2021.4.17

发　　声

梦中

我意识到

一个孤独的话题

发声

这多边形的梦

每一次延伸

都出自生活

都和自己打仗

要抓住其中一个角

必须拥有七手八脚

才可以轻松

才和自己分出高下

就连嘴巴

梦醒都不会还原
梦境和我
连着虚构

孩子叫着父亲，哭声，唏嘘
我突然惊醒，站在孩子梦的边缘
夜晚，打破所有孩子的笑语
作为父亲，必须发声

几次睡梦中
妻子猛然抱紧我
我知道一个幸福女人的颜色
作为丈夫，必须发声

连着突兀蛮横的世界
和父母亲过早失宠的黑发
我一次次发声
企图吓退所有的岁月滋扰

我一次次发声，试图在梦中和现实
填补自己，说服自己，完善自己

试图摆脱疲惫

走向真实的自己

2021.5.11

麦田空想主义者

收获

对于一个没有土地的人

多么奢侈

三十年的漂泊

抵不过一茬庄稼

举目四望的麦黄

是异乡唯一的偏爱

我将一半的激情

用来怀念

剩余的一半

用来空想

空想和故乡的关系

和掉落麦田的一株麦穗

一只焦急等待的蚂蚁

2021.5.31

诸多晚霞齐聚的傍晚

忘了告诉你
那些晚霞的颜色
她们来自大海
拥有海的女儿的魔法

她们向天空兜售秘密
路过村庄时
她们选择集体远嫁
一再打破神的箴言

也许若干年后
人们会淡忘这个傍晚
包括傍晚发生的一切
包括你，包括预言

没有雷雨，没有伴奏
平原的风，和高原的风一样

令人清醒，不知归路
夏花一遍遍盛开，回应晚霞

铭记是一瞬间的感动
感动需要一生成全

2021.6.19

一　尾　鱼

时间

快不过一尾鱼

一尾鱼

就是时间的痕

我愿意所有安静

就是一尾鱼

游来游去

与石头交谈

与水草睦邻而居

所有山水的秘密

浅藏在山水里

不离不弃

无人言说的痛楚

被平淡一点一滴消融

水面泛起的亮光

是我的杰作

我是一尾鱼

沉默的海

在我身体里

2021.6.24

倾听"延安号"机车的心跳

走近你

走进一段历史

和旧时光的铁路对话

挽回渐渐失散的余温

走近你

亲近一段故事

和刻骨铭心的师徒情拉家常

珍惜生命中前所未有的从容

很多时候你都在硬撑

撑开南北铁路最绚烂的生命轨迹

很多时候我都想到放弃

"工"字莫大的殊荣不会轻易淡去

只有独自面对你的漆光

才懂得时间的零容忍和无情

我多想倾听你的心跳

包括每一公里的路标、铁轨和风笛

也许只有车轮迟钝的痕迹

才会清晰铁路日益发展的今天

一直想听，想看，想说的话语

在你面前打转，哽咽不前

2021.6.28

一条会发光的鱼

潜入水中
我看到诸多眼泪
带着滚烫的电流
那一刻
我忘记自己是鱼
一条会发光的鱼

每一条鱼
与生俱来都与水亲近
都天然的对世界
没有一丁点敌意

2021.7.31

秋天，开始于落叶

秋天，开始于落叶
开始于一瞬间的停顿
一瞬间，让风停止了呼吸
让草木停止了思考

在急促的一瞬间中
我立正稍息，和自己对视
悄然回顾夏天的光和热
总结所有激进和不信任

在一瞬间的停顿中
完成春生，夏长，秋收，冬藏
完成告别，漂泊，落地，生根
完成一片落叶应有的荣耀

2021.8.30

没有人在玉米地思考

没有人在玉米地思考
没有人，偌大的村庄
盛放不下一个跃动的身影

没有人在旱了一季的玉米地
将信心收获，没有人
可以顶着天灾，承认失败

没有人在一棵孱弱的玉米面前
失声痛哭，失掉尊严
没有人在秋天歌唱，唱歌

纵然这一切
只能让给后半夜的美梦
没有人，可以梦醒成真

纵然秋天的玉米地

留给鸟雀的只是苍白

没有人在玉米地思考

没有人——

2021.10.2

故 乡 雪

询问故乡是否下雪
多少会戳疼泪点

每一个远离故乡的异乡人
心中都有一场故乡雪

关于雪的年代，起因，经过，结果
关于雪的大小，薄厚，消融，想起

深深牵系一颗游子的心
将一颗驿动的心平复，平复

我一边看雪，一边拍照发朋友圈
好让那些在异乡的故乡人，轻解乡愁

2021.11.7

236